슬픈 이별

하늘에 계신 우리 아버지께

Sad Parting
To our father in heaven

하늘에 계신 우리 아버지

슬픈 이별

서영호 su young ho

詩人, 배우, 음악가

장의사가 와서
「운명」 하셨다고 했다
응급실로 모실 것을
모르거나 거짓으로
말했을까…?

청구나눔

시인의 말(自序)

 '문학(文學)'이란 본래 마음대로 글 짓는, 글재주 글 장난이라기
보다 문자 그대로 '文字의 學文'이라 할 수 있습니다.
 그 대표적 예로, 문법(文法)과 말의 본질(本質), 즉 언어 전체의
표현을 풍자적으로 엮은 김만중의 구운몽과 바른, 고운 말, 사용
주장한 양주동을 들 수 있죠.

 옛 집현전, 학자 최만리가 "한글, 언문(소리글)을 만들어내면 후
세(後世) 그 낙후성을 면치 못하리라." 반대하며 한문 교육을 주장
한 것을 기득권 학자들의 말을 받아들인 세종왕이 최만리를 감옥
에 넣은 뒤, 뒤늦게야 사면하고 사후(死後)에야 후회한 일은 정약
용 이상의 이야기일 것입니다.

 한글날이 오면 한글 추종 세력, 그 직장인들까지 위선처럼 우
리 한글이 세계 '최고, 과학적'이라며 제일, 으뜸 말 놔두고 "최
고, 최고"라고 해 쌓고 또 모두가 전문, 전문이라고 써 붙여 놓는
데 과학적 글이란, 유일, 정확성 있어야지 이 말이, 그 말, 그 소
리가 이 소리인 거짓말, 반말, 말꼬리 돌려, 잘라 바꿔 만들며 전

환하기 쉬운 우리말, 막말은 과학 무기는 될망정 과학적인 글은 못 됩니다.

무슨 누구, 누구, 문학상 같은 것들도 그 作者의 작품성을 닮은 것이 아닌 그의 삶, 인생을 기리며 찬양하는 것 같은 글에 상을 주거나 하는 풍조 관행 속에서 그래도 옛 사극 드라마에서처럼 한자를 배워 사용했던 옛 왕, 귀족, 사대부들의 말은 품위 있었다.

일본식 한자라도 섞어 쓰는 게 낫다. 우리 한글도 소박한 말들 있지만 대중화되지 못한 현실에서 文法을 무시하고 말꼬리, 몸뚱이 잘라 멋대로 무질서하게 표현하는 언어, 문자 공해, 피해, 충격은 말로 표현할 수 없다.

옛날엔 없었고, 국어사전에도 찾아볼 수 없는 욕보다 심한 소리들이 만연하는 언어상실, 타락 왜곡 시대를 살며 "김소월 같고" 이상도 닮았다는 말 자주 들었으나 오랫동안 문학을 못 해왔다.
'理想'과 현실의 차이 그 괴리 많은 환경 속에서 험난한 生을 살아오며 시인보다 음악, 화가 영화배우 같다는 말 듣고 살아왔는데 길 삐끗, 잘 못 든 人生길 아닌지….

외롭고 잘 생긴 교장선생의 1남 5녀 중, 그 외아들로 태어나 자라던 어린 시절 과정, 어느 불리한 환경 속에서 어딘가 몸도 아팠고 상처받고 좌절하며….

손(孫)이라도 잇기 위한 생각에서 아주 늦게사 외국여성과 결혼한 후,.... 헤어진 뒤 심청이 아버지와, '바다와 그 노인'도 아닌 예쁜 어린 딸 하나 키우며 살고 있으니

　　하늘은 인연끼리 맺어주지 않았다,

　　깊은 사연, 역사의, 긴 회고록이 남아 있습니다.

목차

시인의 말(自序)_5

〈詩 순서〉

슬픈 이별

(하늘에 계신 우리 아버지)

...아버지를 우리들이 죽였다.

말도, 움직이지도 못하며

낫기를, 낫게 해주길,

간절히 바라던 분을

어리석은 우리들이,

더 오래 사실 수,

살릴 수 있었는데

장의사가 와서

'운명' 하셨다고 했다

응급실로 모실 것을

모르거나 거짓으로

말했을까…?

그냥 우울히, 쓸쓸히,

눈 감고 계시는지,

주무시는 줄 알았는데

그날도, 그때도

아주 애타게 기다리며

구조, 바랬는지 몰라

장례식을 치렀다

관에 못질 하고,

화장(火葬)을 하고…

천지간의 인연,

억만금의 사랑

이제 아버지는

내 곁에, 우리 곁에,

이 세상에도 없다

선한 사람은 외롭다

외로운 사람은

얼굴이 선하다

웃지 마라,

놀아나지 말라

고개 들지 말라,

젊은 날에 세상을

하직하는 者,

죽음을 저주하라

오늘도 난

하루에도 열두 번

세상에서 가장 슬픈 눈물,

거리에서도

울고 다니지….

Sad Parting

(To our father in heaven)

Even though my father
wasn't able to speak and move,
he eagerly wanted us to be born.
However, it was foolish of us to
let our father leave us.
He could have lived longer and
we could have let him live so.

The undertaker came and said he died.
Didn't he know whether they took him
to the emergency room
or did he tell a lie?

We knew that he just closed
his eyes and slept
solitarily and gloomily.

Perhaps, he was very anxiously waiting

for help that very day, just then.
The funeral was held, the nailing
of the coffin and cremation.

Now there is no father by me,
by us, and in this world.
The ties between our father and
us are those of heaven and
earth but also countless love.

Good people are lonesome.
Lonely people have good faces.

Don't laugh.
Don't go wild.
Don't hold your head high.

The people leaving this world
in their youths, curse the death.

Even today,
I shed saddest tears in
the world twelve times a day.

I go weeping on the street,

even on this day.

어느 별

영원한 시냇가에
눈이 내리겠지

이름 모를 나무 사이
江은 흐르겠지 ?

이 밤
내 불면의 창가에
반짝이는

반짝이다,

스러져간

그대 발자국…

A Certain Star

By the eternal stream,
it will snow.

A river will flow through
the unknown trees.

Tonight,
during my sleeplessness,
there by the window

are your footprints,

which were shining

and disappearing.

겨울 나그네

'절망'의 외침 속에
눈이 내린다

침묵,.그리고. 겨울의 하얀 고독 –

석고 모형에서 나온
눈 감은, 죽은 듯한
성모 마리아가 저 하늘 –

아득한 곳으로부터
강림의 나래 펴며
'아베마리아'로 울려 퍼진다

강 건너 아이들
함성소리, 들려오는,
멀리서 실어 나르는

눈아, 눈아,
나의 넋을 안고
소망을 싣고

멀리, 멀리 너는 또
어디로 날아만 가느냐

얼어붙은 눈물이 부서져 흐른다.

A Traveler in Winter

In a yell of despair,
it is snowing.

Silence and the white
solitude in winter…

The closed-eyed, lifeless
figure of Blessed Virgin
Mary from the plaster

stretches the wings of her
coming from afar,
far away in the sky and
her Ave Maria resounds.

The sound of shouting
from the children
across the river
is heard from afar.

Snow, snow,
You hug my soul
and load my desire.
Where do you keep on
flying far, far away again

Frozen tears are
shattering and flowing.

눈이 내리는 밤

관자놀이를 두드리는
손수건의 신선함으로
눈이 내린다

빈 숲 사이 −
강이 누비고
가로등 뽀얗게,등불 밝힌
한밤의 뜨락

별 하나,
유난히 눈 맑게 뜨고
내 발자국을 헨다

반짝이다가, 새떼들,
날갯짓하며 앞산을 흔들고
강물은 부서져 흐른다

길은 아직도 멀다 −
외투 깃 여미는 내 손길,

어디선가 트럼펫 소리 –

계절의 밤 풍경을 녹이는

눈물만 한 별이 글썽이는 하늘 –

내가 부르는 노래는 들리지 않는다.

A Snowy Night

It is snowing, just like beating
against the temple with a
fresh handkerchief.

The river is running
through the empty forest. A streetlight
flashes over the garden at midnight.

A star with unusually limpid eyes
counts my footprints.

While the star is glimmering,
a flock of birds is fluttering
and shaking the front hill.
The river is flowing, breaking
something into pieces.
We still have a long way to go.
I turn up the collar of my
overcoat.

The sound of a trumpet
somewhere is captivating
the night scene of the season.

A star as small as a tear is
shedding tears in the sky.

The song I am singing
is not heard.

봄

어디선가 본 듯한
그가 찾아왔다

여윈 나뭇가지
어깨를 두드리며,
숲 사이 오솔길로 조용히,

차운 옷깃을 여미고,
걸음을 재촉하는 산등성이 –
그는 길게, 손을 저어
가는 이를 보낸다

아지랑이, 보드란 입김
후 후 – 내불며
겨우내 엎드려 잠든,
얼어붙은 새싹들을
눈 뜨게 한다

어디선가 본 듯한 그가

내게 다시 왔다

Spring

A person I may have seen
somewhere has come.

He calmly came on a path
through a forest, patting
the thin tree branches
on the shoulders.

He adjusts his cold clothes
and quickens his pace on
the ridge of the hill.
He waves his long hand
and sends the passing person.

The haze keeps puffing with
soft breath and causes the frozen
new sprouts which fell asleep,
lying prone throughout the winter,
to wake up.

He I may have seen somewhere

came to me again.

봄의 소리 왈츠

짠짠짠♪ 짠짠짠♪
잔짠짠♪잔짠 ♬
짜라자라자라,짜라자라자라,
짜잔♬ 자짠♬ 짜잔♬
자짠♬ 짜잔♬ –
·················.

겨울 등 너머
흔들림의 요람 –

레인 코드깃, 치겨 세우고
요한 스트라우스
'봄의 소리' 왈츠로

혼자 멀리 가는 나그네 –

초원의 풍경을 굽이 돌아 –

바닷가를 지나 –

어느 개인 날 아침
시냇가 언덕, 아지랑이,
　눈꺼풀에 잠이 들어

　안 돌아올지 모른다

　꿈길이기에

The Voice of Spring, Waltz

Jjan Jjan Jjan♪ Jjan Jjan Jjan♪
Jan Jjan Jjan,♪ Jjan Jjan♬
　Jjara Jara Jara, Jara Jara Jara,
Jjajan ♬Jajjan♬ Jjajan♬
Jajjan♬ Jjajan♬
....

Beyond the top of winter,
the shaking cradle…

I hear the sound of spring,
Waltz by Johan Strauss,
pulling up the collar of my raincoat.

A traveler going far away winds
around the landscape scenery
and passes the beach.

One clear morning,
the haze on the slope
of a stream bank falls
asleep on the eyelids.

Maybe it will not come
back as it is

the route of a dream.

밤비

어느 날
내 불면(不眠)의
광야에

神의 눈물처럼,
탄식처럼,

밤새도록

비가

내리고 있었다

Night Rain

On a certain night,

it was raining
all night on my
sleepless wilderness

The rain
was like

God's tears,

like sighs.

에덴의 동쪽 …

{그 이라크, 이스라엘, 팔레스타인}

'진짜 지옥, 거짓 행복'
매독 같은 여름

잎새들의 논쟁,
생각의 번식,
욕 먹은 싹이 돋고

태양의 볼륨을 높여라,
비틀거리는 사막을 적셔라
불타는 눈물, 시투성이,
피투성이로 가는
끝없는 사막의 골짜기 –

애닲기만 하리
사랑하지 않은들 어떠리

슬픔을 때로
잠시 웃는 나는

쓸쓸한 바닷가
해변의 모래시계 –

별들이 등불 밝힌

검은 황야에서
당신은 무슨
꿈을 꾸고 있나요

푸른 초원을 찾을 때까지
마음은 나그네

눈물의 폭풍우 속을 지나
눈부신 태양의 아침
그리움이 꽃처럼 부푸는
푸르름의 영원한 하늘 아래

우리 언제
다시 함께
사랑으로 만나리

기쁨으로 만나리

East of Eden

(Those Irak, Israel and Palestine)

Real hell, false happiness
Syphilis-like summer…

Leaves' dispute,
Propagation of thoughts;
Reviled sprouts come out.

Raise the sun's volume.
Wet the faltering desert.
The valley of endless desert
becomes burning tears, full of
poetry and blood.

It will be only heart-rending.
What though I do not love?

I am a sandglass on a lonely beach
that sometimes smiles sadness
for a moment.

In the black wilderness
where only the stars are lit,
what are you dreaming about?
Until I find the green grassland,
my mind is a traveler.

After the storm of tears,
the morning of the sun is glowing.

Under the sky where the longing is
blooming a flower and blueness
is eternal, when will we meet

again with love?

We will meet with pleasure.

生과 死 그리고 아픔

우리 집과, 너의 집 사이에
세상의 절반이 들어있다

우리 집과 너의 집 사이에
운명이 걸려있고
증오가 놓여있다

전쟁은 산 者의 기나긴 날의 아픔
그렇게도 피 흘리고 엄숙한 나날들
그런데도 우리들의 운명의
무례함을 용서하라

고통과 쾌락은 서로
흡사한 얼굴을 하고 있다
둘 다 오래
견딜 만하지 못하다

감정은 항상 크고
生은 점점 짧아진다

우리들의 운명
그 사랑의 끝,

최후의 순간은
피할 수 없다

죽음의 충돌과 삶의 환희

시간의 날개 위에

봄은 다시 오지 않는다

Life, Death and Pain

There is half of the world
between my house and yours.

Between my house and yours,
we have our fates at stake
and hatred also lies there.

War gives living people
    long days' pain.
People shed so much blood
    and every day is solemn.
However, forgive the
    discourtesy of our fates.

Pain and pleasure have
similar faces to each other.
    Both of them can't stand long.

Emotion is always great and
human's life is shortening.

Our fates, the end of love
and the last minute will all

be inevitable.

A collision of death
and the delight of life…

On the wings of time,

spring will not come again.

강물

... 기쁨과 슬픔의 강물이
말없이 흐른다

쉬지 않고 느리게, 혹은 빠르게,
들리지 않게 속삭이며,
가슴속으로부터 아픔 한줄기
눈 뜨며, 솟아오르며
옛날로부터 끝없이 이어져
내려오고 있는, 어쩌면
시간이 가고 있는지 모른다

푸른 강물, 나의 조국 스메타나,
아름다이 물결치며 굽이굽이
저 아래로 끝없이 흘러내리는

내 마음,
강물 따라 노래 부르며
흐르는 물에 발 맞추어 가며
말없이 고개 숙이면, 물 그림자,
조용히 혼자 깊어지는 외로움

…어느 먼 전설의,
천사의 얼굴이
물 아래 어리며,

깨끗한 물 밑이
환히 내다보이는

달려라, 흘러라, 나의 노래여 -
바람 소리 강물 위를,
노래의 날개 위를
초록빛으로 물들어 불어가는
저 멀리 지평선 끝까지

길은 멀어도
상처의 아픔 사라지고

멀리서 신(神)의 음성

들려 오리니…

THE RIVER

... The river of sorrow and joys
flowing without words
Without having any rest,
slowly or fast Whispering in
silence deeply in my heart
A string of pain rises up while
I wake up Continuing from the
previous life without end aybe
not knowing that time is
passing away

The blue river, my mother
land Smetana flowing
beautifully, winding continuously
Flowing toward that lower
part without ending My heart
follows the river

Making my footstep in harmony
with the water that flows down,

singing songs When I bow down,
there is the shadow The lone so
me that becomes deep
alone in silence

A face of an angel of an old story
appears under the pure water
The bottom of the water is
clearly seen from the outside

Run, flow away my song
The sound of wind on the river
between heaven and earth
Upon the wings of a song
colored into red

Blowing up to that far
end of the horizon
Even the road is long

The pain of hurt disappears

The voice of God arrives

From far above.

나의 변주곡

은행 창구에 내보인 낙엽,
한 송이, 꽃을 꺾어
수녀를 놀라게 하는
손수건, 화장지,
비올라 케이스에 넣고
GOGO 리듬의 기차를 탄다

…돌아온 새떼,
새들과 나란히,
무지개다리가 놓인 카페,

안개 속에
이방인들의 미소가
별처럼 반짝이는
검푸른 숲속의 산책 –

바둑판 상가 사이로 흐르는 물결 –
아파트마다, 팬츠며, 양말들이
더러운 눈물 짜는,

두 눈과 구두를
더불고 온 여수는
베토벤 비창 같다

뒷덜미로 열린
　　에로티시즘을
물거품으로 삭고

행복은 싣지 않았지만
먼 바다로
　　스러져가는 돛배 ─

　　루루루,
어데로 가든

　　　내 애정이 담겨 있음
이를 데 없다.

Musical variation

A fallen leaf seen through
the bank window
Putting a picked flower
into the capsule
af the handkerchief toilet paper,
and viola, which surpeiees a nun,
I take a train of GoGo rhythm.

A flock of birds returned
A cafe where a rainbow bridge
is set up side by side with
the flock of birds!
I would take a walk Through the woods
smiles Twinkle like stars

The stream flowing through
the badukboard like business quarter!
The journey, accompanied
by a pair of shoes and by the two eyes
In which dirty tears were squeezed out

by the pants and socks etc,
At every apaetmwt,
seemes to be the bethoven pathos.

The eroticism
opened by the napes of the neckes,
melts away into the bubles,

Not a happiness loaded in,
A sailer vanishes
into the remote sea,

No matter
where she goes

The boat surely
Carries my affection.

밤의 긴 여로

집시 바이올린의 노을이 –
산꼭대기를 넘으면

험한 세상 빌딩 숲에
반딧불이 보인다

반짝이는 거리,
네온사인, 울긋불긋
축제의 등불 밝히는
별빛 같은 가로등 밑을
배우가 무대 옆으로, 사라지듯

휴전선 초소만 한 방구석
밤이면 사념, 곤두세운
육박전 그것은
망각 속에 잠재우고

갑시다, 그대와 나
창가에 기대어
꿈꾸듯 떠나갑시다

달빛이 얼굴 적시는
오뇌의 푸른 하늘 –
새 아침이 밝아 오면

영원의 기슭에서
    태양은 또 다시

상처 위를 비추리니

    비추리니.

육삼빌딩

여의도에는 첨성대
흡사한육삼빌딩이
이마를가끔한강철
교에 부딪고그그림
자를강물속으로떨
어뜨리고한다그 떼
엘리베이터 녹색자
동현관,혈관을 타고
올라한동안옥상위
에 말없이서 있던나
는시계 바늘이가리
키는 다섯시 오십분
방향모형모습으로아
래를 내려다보니조선
일보,한국일보만한시
가지**활자들**,개미파리
만한 사람들이우글우
글,내우울한 얼굴이마
위로 좍,달라붙는다유
창이 저녁 햇살에 은비
늘,금비늘 반짝이며물고
기떼 끝없이 부서져내려
먼 바다 쪽으로 흘러가는
흘러가는기나긴강물이루며 ~~~

거대한 모순

사람이 할 말을 못 하고
사는 세상이 아니라
해야 될 말을 사람들은
제대로 못 하고 있는 것이다

우리나라 말 사실
뜻은 그게 아닌데

저희끼리 둘이서 뭐라고
거짓, 농담할 때
옆에 가는 단벌 신사
자기한테 혹시
거지, 한 줄 아는
착각 오해 피해의식
잠재의식 되노라

날씬한, 날씬한, 아가씨끼리
수평선을 바라보며
저, 배 좀 봐 뭐라카이

과일 장사. 배 나온 사람
자기한테 한 지 알고

혓바닥을 상징하며
임신부도 보더라

come 하나의 길목에
와, 오너라, 오게 오십쇼
당신 뭔데 반말이여,
언제 봤다 하소요

교만, 이기, 등 뒤에서
꼬리 붙여 슬쩍 돌린
문어발식 말 기업은
진짜가 어느 건지
귀에 걸면 귀걸이,

흑백 감정 빈부 격차
사대주의 되노라

가로지른 문법 절차,
문장남용 사회과정
가령 시대와 우리의 문학 아닌

우리시대 문학, 저희시대 문학
맴버와 접대부 아닌
맴버의 누구, 누구

미꾸라지 한 마리가
강물을 흩트리고

송사리떼 잘, 잘못이
한사람 책임 되고

동녘에서 뺨 맞고온
퇴근길의 핏빛 노을 −
연쇄반응 조건반사
응어어리 되노라

때로는 두더지처럼
반쯤 내민 혼잣말
山도 많고 뭣도 많은
그런 탓도 되겠지만

나머지는 나중에사
꽁무니로 보충 하는
말 도중에 잠깐,내말
내 말 먼저들쭉날쭉

개인 방어 불확실성
의식구조 되노라

가지 많은 나무에
 바람 잘 날 없어라

식사할 때 따로 함께
식판 사용하지 않아
오곡떡, 빵 만들어
포크, 사용할 줄 몰라

깍두기 집으려다
형님 손길 가로막고
산나물 집으려고
아우 팔뚝 뛰어넘고
어중간한 기하(幾何)에서
엉거주춤 망설이다

어느 땐 함께 같이
한 군데로 젓갈 가는 모습
이리 쏠리고 저리 쏠리는
그 성향이

침해받고 피해 주는
사회질서 거리풍경

동물과는 다르다면
입체환경 살려야지
침대는 사치품
아랫목은 조선식

도포 입었나 술 따를 때
왼손 대고 어색하게

끝날 때 고기 한 점,
습관으로 남겨놓고
그것을 집어먹는
사아람, 체면 없는

이것도 아니고, 저것도 아니고

이것이 그것이고, 그것이 이것인
그 많은 말 분리하여
생각하지 않고 낭비하면

민주발전 남북통일
도로아미 타아불 —

말이야 말이지만
말이 아닌 소리 삼키고
핀다고 꽃인가 우글우글,
오랑캐, 쭉정이
가족 계획하고

멋대로 다리 뻗은 山
민들레의 영토
밀고 닦아

건설하세 조국
이룩하세 강토

수 신 제 가 치 국 평 천 하

(修 身 濟 家 治 國 平 天 下.)

이상한 나라의 엘리스

단정적인 말,
부정적인 말,
못이 되는 말, 나쁜 말
둘이서 속닥, 하는
거짓말, 혼잣말

뱀 허물 벗는 소리— 쉿!
구렁이 담 넘어가는 소리
주차금지, 말조심
밥상 위의 반찬 그릇,
밥 옆의 국물, 컴미션 같은

때론 한국이라 불러도 좋을
우리, 우리나라를 꼬레,
꼬레안이라 한다

새해 복 마아니 받으라 한다
주택 마련 말 놔두고, 해 놔두고
내 집, 내 집 마련하라 한다

제일, 유일 놔두고
최고, 최고 라하고
모두 또 전문, 전문이라고
써 붙여 놨다

말투가 이상하게
돌아가는 가시내들
시팔, 씨팔 하는 머스마들

우리가 노래하는 법
안다면 봄이 올까,
기다림에도 이자가 붙을까
새들만이 울고 있는 것일까

스쳐 가는 그림자들,
옛날로 다시 돌아가는
젊은이, 늙은이들
....
버러지글자,
소리의 정령,
해골이나 개 뼉다귀
주검 같은 것이 섞여 기어 나오는
연쇄반응, 조건반사,
음식 찌꺼기 같은
말이 난 싫다

난 한국 위에,
똥을 눈다,
침을 뱉는다.

섹스를 상징하며
꼴값 떠는 텔레비전
상품, 선전,선정, 음란
광고 앞에
욕을 한다

아아악 – 하고

악, 한 사람이 된다.

외교, 안보, 정치,
　　　교육 문화

경북 성주 사아드,배치
경상도도 못 막는다
고도 성능 맞지 않고
미약하고 너무 멀다

누구 누구 고향 근처
골프장 땅 이권인가
국토 화염 나라 박살
뇌물죄는 저리 가라

시기 질투 고발 싸움
그런 짓만 하지 말고
먹이사슬 자리싸움
당리당략 그만허고

탈북자들 막말, 모욕
전단 살포 엄단 하기
한미 합동 군사 훈련
코앞 말고, 눈앞에서

뵈기 싫은 소녀상은
욕심 생긴 할머니상
　외국 공관 문 앞에다
나라 망신 다른 곳에

　독도는 한국이라고 하지
우리, 우리, 우리땅 즈그땅
　즈그 즈그 즈그땅이라면서
거기다는 왜 또 부자연스럽게

상대방은 가만있는데
거기서 또, 애들 전쟁놀이,
　전쟁 부추기는 방어 훈련

　검찰 개혁 중요하면
판사 개혁 시급하다
고위공직 수사보다
나쁜 판결 국민 피해

텔레비전 상품 광고
선정적인 지랄 꼴값
성폭행, 희롱, 추행
조장, 양산 시키는

출연진들 자질 저질
수준 있게 바로 하고

엉뚱한 일 화풀이로
엉뚱한 짓 하지 말고

言語 정화 文字 정리

정신 文化 개혁하세

아름다운 여자, 남자

(요즘 노래) — **서영호**

얼굴 숙이고 걷는, 아름다운 여자
고개 숙이고 가는 생각하는 남자
쳐다보지 마, 쳐다보지 마,
얼굴 빤히 쳐들고 바라 보지 마
옛날에는 이렇게, 고개 숙이고 걸었어
때로는 공손히 얼굴 숙이고 다녔어
쉬, 물렀거라, 고개 들거라. 쳐다봐라
벼 이삭도 익으면 고개를 숙여

얼굴 빤히 쳐다보는 전철 속의 여자
안경 끼고 바라보는 못난 여자 남자
바라보지 마, 기분 나쁘게
눈 꼼 짝 아니 하고 쳐다 보지 마
당신 말고 여기저기, 아니아니 저기쩌기,
눈 감아요, 고개 숙여요
생각해봐요 고개 숙여요
고쳐 고쳐 다시 고쳐
바꾸지만 말고 새로 고쳐.

망각할 수 없는 소나타

눈보라, 선율 일던
　"설중매"의 고두심은
내 누님같이
　생긴 꽃이었다

　　흑백 구름, 두둥실,
　　　오얏, 꽃씨에 젖던
　　혈통 문제로 차지 못한 자리
　　피 흘려 석권하던

　강물은 풀리지 않고
이제는 바로크, 바라크식
　균형이 잡히지 않은,

　　　임시로 지은 허술한,
　　　의식 개혁 운동
　　　　민주 발전 남북통일
　　　　오른손 펴 들다 말기
　　　　　바른손 쳐 들다 말기

길손들이여! ―
메아리 없는 황야에서
목이 타던, 가뭄처럼
검게 가슴이 타던

　　전하(殿下)께서는
　　증오 속에 감춘

　　사랑 있었다.

殿下:연산군

生의 한 길목에서

언제부터일까
내 선잠 주변에
　우수가 물결 가득 친다

물결치는 파도의 잎사귀,
놀란 가슴, 반쯤 잠이 든
　잠이 깬, 기슭에
生은 아련히
　꿈처럼 피어나고

고요한 섬,
아침 목장의 뜨뜻한
　이를테면 외양간의
쇠뜨기 같은 마음,
꿈 조각이
　다시 또 꿈을 엮는다

사랑은 쓸쓸한
　쏠베이지의 노래 -
　흐르다, 때론 잠시 기다리다

언젠간 지평선에
스러져버릴 강물이

저 높은 곳을 향하여

미소 짓지만

뉜가 찰칵, 몰래
사진 한 장, 찍어 놓으면
백 년이나 흐를
우수여! 눈동자여

번민이란
해도 그만

안 해도 그만.

숲 속에서

꿈과 무지개를 쫓아
화살처럼 날아다니는 새,
돌멩이처럼 왔다,
갔다 하는 새,

나와 눈이 마주친 작은 새,
가볍고 명랑한 새들은
보다 말을 잘하려고 한다

숲 속 깊이 들어가 웃고
즐기는 초등학생들처럼

숲은 고독한 내 친구
다정히 정령이 눈짓하며
새소리 여울에 섞여
꽃잎이 흘러내리는…

행복이 흐르던 시냇가 –
푸르고 걱정 없던 시절 –
수정 같은 새들 날며

동무들 뛰놀던

　　지금은 사라진 한때…
　　그 숲 속으로 난 길
　　비둘기 둥지 틀며
　　오소리 뒹굴던

지금은 가고 없는
　　빛 밝은 유년의 그 길을
　　다소곳이 기억 속에 남겨두고

　　산새 소리, 흘러내리는
　　　　골짜기 냇물 따라
　　　　　　바람 소리, 그늘에 서서

　　다시 옛길을 간다.

과도기의 노래

우리들의 망각 속에
쌍도끼가 들어있지

한 잔 술에 험담구설
두 잔 술에 음담폐설
무심코 떨어뜨린 찻잔 곁의
우리 사이 애증의 그림자 −

조심성이란 때로
어린이 장난,
어리석다는 것도
공공연한 가치가 있다

주마등도 몽롱한
볼그레한 저녁노을 −
세상을 새의 눈으로 바라보면
세계는 별나라일 것이다

별의 근원, 너무 멀다
청천 하늘 넓고 넓은

고요하고 아득한 바다 한가운데
　그 많은 슬픔, 뼈의 아픔이
　　꼬리로 박자 맞추기, 물고기,

　　맹목적으로 떠오르는 태양
　비가 오지 않은 날이면
　　그는 항상 장밋빛

　　　블라우스를 입고 있다.

시래기죽처럼 끓는 광장

음험한 뜻을 지닌
어두운 밤이 오면
그런대로 밤이 좋다

깊은 밤,
창문 틈새에 입을 대고
지나가는 주정꾼에게
기다렸다는 듯,

모기, 만한 작은 소리로

요노옴 - 하니까
동시에, 똥개야 하며
사라지다, 보지도 않고

곁눈질하는 가로등 ,
낄낄대며, 움직이는 작은 별들
시끄럽고 복잡한 귀지 소리,
우뢰 소리 같다

고함치는 빌딩 –
어둠 속에서 구역질하며
이민 가는 강물 –

푸른 별의 혼이 빛나는
별들의 혼이 더욱 빛나며
익어가는 밤이 깊으면

강을 건너지 못한 넋들,
떼 지어 일어나
눈에 불을 켜고 떼 지어
떼 지어 일어나 방황하는

우리는 누구인가
어디서 왔나

어디로 갈 것인가.

정령들

척, 하는 바둑알들
맞장구, 친다

멀리도, 가까이도 아닌
저승차사라도 지나간 듯한
공간을 나하고
상관없다는 듯

하나일 때,
그들은 오로지 하나
둘일 땐, 은근슬쩍
하나가 되고

부서진다,
기분 나쁘게

안전벨트가 허술한
그린벨트에서

남이 어떻게 생각하는가

생각하는 원숭이들.

불협화음

11월의 마지막
몸뚱아리에서
나뭇잎들의 간증 소리 −

기도 하는 입술이,
하나가 아닌 것은
언젠간

떨어져, 서로
갈 길이 다르기 때문

와글와글, 바람에
잠시 조용하다가

욕을 한다, 갑자기
속으로,

악마에겐

시끄러워 −−−−−

일몰(日沒)

공룡의 갈비뼈 같은
육교 위에서 불협화음,
회오리 소음을 들었지

바람과 파도가 머리를 부딪고
울부짖던 그것은 또 벼랑 속으로
무너져 내리는 돌무더기 소리 –

승용차가 어둠 속에서 –
권총처럼!, 번쩍이는 골목

처마들은 머리 숙여
바다를 하늘로
떠받들고 있었다

닻을 내릴 수 없는 바다 –

별은 잊은 지 오래다

디자인이 토끼 같은,
짐승 같은 나라
　배보다 배꼽이 불어나는
　심장 市에서

　난 목숨이 여윈다
차량 소리, 연달아
　뇌(腦)를 뭉개고 달아나도

　　난 할 말이 없다

　　미이라처럼 웃는다.

종소리

웅장한 외침이
창공을 뒤흔들더니,
무수히 창(槍)끝으로 펼쳐지다

굳게 닫힌 窓이 열리고
가슴마다 깊이,
둥근 원으로 날아오는
그 소리를 받아드린다,
빨아들인다

높고 낮은 지붕을
공중으로부터 껑중, 껑중
날아와, 한켠으로
비둘기 부대로
착륙하는 종소리

노래이다가
바람이다가
바람 끝에 적막이다가

뇌성을 동반하고
다시 크게, 멀리
　울려 퍼질 듯한
　그 소리는

어느 벙어리의

애절한 절규이련만

숨결

넋을 굳히고
몸을 말리는 산(山)
질서의 지팡이는
스크럼 앞에 열려있고

씨레기죽처럼 끓는 광장 −
이해의 실핏줄이 흐르지 않은
수선과 짜깁기 속에

우리가 기다리는 건
바다 건너 수평선 멀리
어둠을 불사르며
파도를 헤쳐오는 바람이다

바람이 공동묘지를
밟고 갈 때,
휩쓸고 지나갈 때

광인(狂人)은
지방에 나타난다

멀고 먼 바닷가 –
아무도 살지 않은

　　파도에 밀려온
　　빈 조개껍질 같은

별 하나,
　손짓하며,
깜박이는

　　폭풍 같은
　　우주의 침묵이

　　　나를 미치게 한다.

야상곡(夜想曲)

하루가 길게
서쪽으로 미끄러져 갈 때
그림자처럼
밤은 찾아든다

피로한 기색의 저녁 구름 –
서녘 하늘 붉게 물들이며
산등성이 너머 어둠 속으로
꼬리 감춘 지 오래

나뭇가지, 손가락 사이
반짝,반짝,작은 별
아름답게 빛나고

돌아온 바람은
알몸으로
갈대를 수줍게 한다

어둠에 밀려
천사는 가고 –

내 청색, 가느다란
환상의 트립 위에 달님 –

　　내 마음,
　　항구의 품이 그리워
　　　울며 헤매는 뱃고동처럼
　　소리치며, 바람 소리,
　　　벌레 소리, 끝없이 황량한
　　불면의 들판을
　　　말 달리며 떠돌지라도

　손짓하리,
어둠 능멸하며
　떠오르는 태양

　　힘차게, 힘차게,

　　　손짓하리...

이사도라

강물에 어리는
도시의 그림자,

발을 길게 끌며,
절며 걸어가는

물거품처럼 부서져
사라져간 꿈은
돌아올 수 없어

숱한 사랑, 거짓 행복
이 일, 저 일을 생각하며
안개속을 군중들 속에서
정처 없이 걸어가네

신호등이 깜박일 때
걸음을 멈추었지

초록 불이 켜졌을 때
고개 들어 문득
정신을 차렸었지.

이사도라, 이사도라 –
운전 도중 바람에
　머플러가 휘날려

달리는 차 바퀴에
　목이 감겨 죽은

　슬픈 세 박자의 왈츠 –

비

우리들 사이
까닭 모를
비 내린다

다시 되살아나게 하는
빗줄기가 유리창 밖 가로등

안녕, 하며 돌아서는
이들의 어깨 위에
사라반드의 우울한
북소리로 펼쳐지다

이제 아무도 없는 광장 –

가로등을 눈멀게 하는
빗방울이 가을 잎을
슬프게 하리라

비 내린다
이 얼굴,
가슴 속에

유언의 비가

장미

사랑 없어, 고난 많고
신앙 없어, 슬픔 많은

장미의 인생은
  나그네 가시밭길 –
뛰어내리고 싶다 –

  꽃 이파리,
  빨간, 스카프,
    바람에 날리며

정처 없이 어디론가

  떠나가고 싶다.

쓸쓸한 심장

임신한 달은
빛을 토하누나

교미하는아흔아홉마리
파리떼같은
잡념이식어 갈 때
샘 솟는
나의 詩는
획일과 돼지의 행복
위함 아니거늘

긴 세월, 오로지
슬픔을 두 팔로 껴안은 자,
찬란한 연인을 위해서이라

칭찬도 영예도
이루지 못한 나의 노래를
거들떠보지 못한
그들을 위해서이라

분노의 총총한 별들이
휴식으로 이어진 밤하늘 −

창백한 달아,
확고하지 못한 격렬로
고요히, 부르짖는 넌

쓸쓸한 하늘에 떠 있는

나의 심장이려니.

밤과 꿈

종이로 만든 검문소,
달빛 아래 공주처럼
서 있는 꽃,

언젠가 성(城)을 나와
길을 잃고, 꿈속에서,
꿈속으로 길을 걷는….

바람이 불어오는 방향은
새가 안다,
꽃이 안다

동물 뒤에 식물,
식물 뒤에 광물,
광물 너머 아득히 먼 밤의
지상의 뜨락 위에
피어있는 꽃잎,

여윈 나무가지, 얼굴
어둠 밝히는 손가락 사이

반짝,반짝 작은 별,

별의 저쪽,
　우주 정거장까지

　무지개 황금 마차 타고

　가고 싶다.

밤의 노래

고독한 그 향기,
나의 슬픔,
우울함은

언제라도
내 손을 잡아요

긴 그림자, 한숨 소리 —

밤은 깊고
말이 없다.

말하여라,
그대 오늘 밤
별의 반짝임을,

고요하여라
내 마음이여

새 아침이

밝아 올 때까지.

찬란한 말

태양의 눈짓,
파도의 몸짓,
　바람은 뭐라, 뭐라 하는지

세상이 끝이라는 말은
하지 마셔요

소낙비 내리는 여름,
낙엽 지던 가을,

추억은 먼 -
안개속에 스러지고

그리움을 아는 者,

나의 쓰라림을 알리라.

연가

어떤 희망, 어떤 기쁨,
흰 눈은 바람 부는
어느 날 오후
국제 전화로 온다

나는 살며 연주하며 노래 부르니
찬비가 내리는 피아노의 3악장 –
바람에 낙엽이 흩날리는

축제의 빠리,
흘러가는 이별 –
바람에 나뭇잎 흩어지는

여름에서 겨울까지의 긴 도로 –
새들이 소리 없이
세월을 왕래하는

연인들은 특별한 사람들
세상에서 가장 행복한

아, 지난날이 그리워요,
아니,

지난주가.

빠리의 연인들

일요일은
뭐 할 거예요?

　　　자살할 거예요
......
　　목요일은요

　　　............

해조음(海潮音)

비록 그대가
어이, 할지라도

내 어이 하오리까

사랑과 이별의
슬픈 그림자

우리들의 등대는
해 저문 바닷가 −

파도만 밀려와
친구 되자,

친구 되자 하네

그리운 시절

머리카락 사이로
스러져 버린 기차
비 내리는 호남선은
사랑의 종말이었지

눈 감으면 떠오르는
잊으려다, 차라리
다시 생각나는
바다 언덕이여 –

해당화 필 때면
다시 만나자던 종착역
기적 소리, 바람에
흩날리던 플랫폼은

어린 시절 우리들의

사랑의 피날레였지

생각

시끄러운 넋,
누군가 내 안에서
비명을 지르고 있다

고뇌,
백만 개의 잡념,
누군가 또
내 가슴 속에서
벗어나려고
몸부림친다

내 마음은
이상한 새
칭찬받기를 원하고
때로 거칠어지며
눈물을 그리워하는

조상들이
내 머릿속에서
나를 웃게 한다

선조들이
내 입으로

말을 하게 한다.

별과 나의 장미

욕망에 물든,
검은 눈동자 같은
밤 풍경은
사랑을 속삭이게 하지

바람도 헛되이
창공의 슬픔을 내몰려 드는
맑고 푸른 밤하늘엔
하늘 높은 줄 모르는
장군들이 스타들과 마주 앉아
술 마시며 깔깔깔 -

별빛 곱게 내리면

고요히 샘 솟는 이 가슴

난, 두 팔이
으스러지도록 검은 머리
밤의 장미를 끌어안고

눈물의 강,
한숨으로

열풍을 일으키리라

아침

고뇌의 사슬 묶여
밤을 흐느껴 울던
고통의 비명도
아침이 오면
모두 잠잠해 지리라

은하수 강물,
바다 쪽으로 흘러가며

별 하나, 아득히,
까마득히 먼
밤하늘 아래로
떨어져 내리는,

별무늬 어린, 꽃피는
검은 망토의 밤이
눈꺼풀 위로 걷히면,

조용한 속삭임,
이윽고 음 맞추는

악기의 소음으로
새 아침이 열린다

햇살이 눈을 찌푸린다

모든 것이 열리고
운명이 다시 시작된다

어디선가 들려오는
음악 소리에
갑자기 개가 짖고

아직도 난 팔팔하기에

웃음을 터뜨린다

집시 볼레로

이런 사람,
저런 사람,

오고 가는

어느 길을 가든
길은 마음속….

그 많은 사실,
그 많은 의문,

회상의 때 묻은
가랑잎 밟으며
눈길을 걸으면,
눈시울에 돌을 던지는 바람

약속하라
침묵하든지

오고 가라.

언덕에 서면

수평선을 가볍게,
훌라후프로 두르고
파도소리 밀려오는
바다가 보이는 숲 속에 서면

먼 뱃고동 소리 –
배가 가늘게 떨고
그 소리만큼
배가 작아진다

물새 울음 날아오는
켠 언덕, 구름 아래

공장이란 놈이 누워
줄담배를 피우고 있다

물고기들이
지금쯤
고속도로를 지나

시장으로 가겠지

해(太陽)

빛이 터진다
지평선에 -

번쩍이는 눈,
함성이 일어나
날개 돋친 듯
혁명처럼 일사불란하게
어둠을 제거한다

天地를 제패하며
하늘 한복판에서
싸늘히 빛나는 태양

누구의 은총인가
기적처럼 찬연한
머리 위에 수레바퀴 -

읍, 하라

神들은.

수선화

차라리 산소년 되리라
호수를 지키며
엘리자를 맞으리

어느 날
산새들의 노랫소리 정다운
녹음 짙은 수풀을 헤치며
내 곁에 이르를 소녀

난 호숫가에 핀
수선화를 가리키며
살며시, 고개 숙이면
소녀는 진실로
고마워하리

소년이 되리,
언제나
푸른 언덕 위에서

엘리자를 기다리리.

강가에서

살포시, 웃음 짓는
갈대의 귓속을
후비는 바람이었네

안개이듯, 또 파도이듯 밀려와
살을 풀고 부서지는

내 가슴 불타는
빛으로 반짝이는
그 아픔, 때로는
눈물이 된다

바람 부는 강가 –
잔물결 위에
소망의 종이배 띄우고
꽃으로 서면

다사로운 속삭임

그것은 함성이었네.

연민의 바이올린

각혈하는
한 소녀를 사랑하기에
깊어가는 가을이 싫다

창백한 얼굴의 미소,
가엽게도 고개 수그린,

소녀는
죽음의 마지막 골짜기
알지 못한다

고개 들어요,
소녀여,
가을의 친구는
푸른 하늘이란다

적막한
내 가슴 속에
가을은 깊어만 가는데

지울 수 없는 사랑을
어찌할까요

달맞이꽃

고개 숙여
달맞이꽃은

밤과 꿈을
기다리네

하염없이
기다리는
기다림

밤이 오면
갈 수 없는

먼 하늘 –
달님이 그리운 임

바람난 바람,
장난꾸러기
입술을 스치면

꽃은 향기를 품고
눈물, 한숨짓네

사랑을 탄식하며

사랑을 탄식하며

내 사랑 지금 어디

(아직 돌아오고 있을 강물은...)

얼어붙은 눈동자로
벌판을 헤쳐 나오는

함성의 발길, 굽이마다,
속살을 문지르며
설움 쏟는 물결이
광명 찾은 심봉사,
몽테 크리스토 백작 같고

섬 사이로 음탕하게
넘실대는 바다가 동백빛,

동백꽃 잎사귀, 한 아름
따다, 선사한 효력으로
겨울 바다, 파도 소리
꿈길 따라 거닐던,

파도 소리 꿈길 따라,

바다 끝에 잘려 뒹굴던
추억이 생각나지만

바다의 쾌락은
그러나 한 번쯤
따져 봐야 할 대상이다

단순한 것들과
함께 웃는 어머니
그대 은빛, 아라베스크 –

드높아가는 합창이
숨이 차도록, 숨이 끝나도록
명민한 포성의 파도여 –

충혈된 넘침,
철썩이다, 철썩이다가
허밍 코러스로
♩ ♪♩♩.♩..♩........

별들을 배경으로 잠들면

....

여명의 목 둘레에서
바람은 또 너를
밀치고 밀치겠지

옆구리로 열린 상처,
그렇지만 아직

돌아오고 있을 강물은······

별이 빛나는 밤에

밤하늘의 별처럼 수많은
고통스런 환영 속에서
어찌 내 영혼을 찾으리오

삶이 덧없는 꿈이라면
뒤돌아본들 무엇 하리

세월의 피가 흐르는 강가 —
지난날을 묻지 마세요
못다한 사연 너무 깊기에

오늘을 정녕

말하지 마십시오.

이별의 밤

깊은 사랑,
이별의 긴
밤이 지나고

귀뚜라미 울음,
별빛 젖어,풀잎마다
밤새 아침
이슬 맺힌 새벽길

밝아오는 아침 햇살
지평선에
마치풍으로 팽팽한데

이제,우리를 깨우는 것은
꼬끼오도, 두부 장수
방울 소리도 아닌

아침부터 뭐, 나쁘게
으르렁대는 소리

선잠을 흩트리고 가는
　자동차, 라는 이름의

　거칠은 구보 소리이다.

창으로 뚫은 창구멍

(언어 本質 찾기)

창으로 뚫은
창구멍은
창구멍인가
창구멍인가

노크, 하고
들어온
똑똑한 사람

똑똑하고,
똑똑하고,

또 똑똑한 사람

蒼으로 뚫은 窓구멍이제

거짓말

상금 백만 원이
걸린 거짓말 대회 –

지금까지 난
단 한 번도
거짓말 해본 적 없다
는 사람 1등

백만 원 광고는
농담이었다는

주최 측, 특등

사무실 아가씨들

어떻게 왔어요?
차 타고 왔지

어머, ...
뭐, 어머니 반쪽
아니 2/3 ?

기가 막혀
귀 막히면
이비인후과 가봐

이상해, ―
이상하면

치과에 가봐

돼지들

잊어먹고, 애먹고
집어 먹고, 겁도 먹고

엄마 나 돈 줘,
 까, 먹을래

 애는 뭐야?
 나이는

 나중에 먹을래.

구멍 뚫린 인간 진리

석 달 만에 이혼하고
양복 한 벌에,
시계 하나 남은 사나이

세느강이 한결 부드럽지만
그럭저럭 한강서
목욕이나 하세, 할 때

웬 여자, 그 시계는
훗날 제가 저승이나
바벨론 강가에서
되돌려 드리리다, 하더란다

그 친구 그 후
심장마비로 죽었는데

누우런, 금이빨은
어느 시체 치우는
인부가 뽑아

술 마셨다나
흙은 흙이고, 흐흐,

　　금은 金이어,라며

어떤 동양화

(可善可惡 大人虎變)

황금의 달밤에
어둠의 호랑이 눈 –

대(竹)바람
　그림자 속에
살며시,
　발톱이 떤다

　뭔가, 또
　찢어발겼을지,
　　염통을 도려
　　　냈을지도 모를
　………….
황폐한 설움 –
어느 뉘의
　장난인가

　　　고요만을

바람 속에
노래 부를

적막한 허전함이여

벽(壁)

쏴아라 –
　보이는 것
　　어둠 속의
　　　총부리도 쏘아라
......
　내가 할 일은
밝아오는 새벽
......
　　어둠 속에
　　쓰러져 죽은 것
　　거두어 모아
　　불 태우는 일이다
　　　태워 없애는 일이다

쏘아야 할 것들 중
　그러나 쏘아선

안 될 것도 있다

낙엽

꽃이 지네
창밖에
나뭇잎 떨어지네

언덕,
계곡 아래
단풍잎 흩어지네

정답던 그 잎새,
높은 나무가지 위에
뿔뿔이, 비어 살고

눈먼 바람,
어디선가
불어오는 퉁소 소리 –

영원의 기슭으로
스러져 가는

쓸쓸한 가을의 속삭임.

수술

적당히는
군더더기의
어머니

군더더긴
얼굴의 점,
사마귀 같은

무지(無知)와
돌멩이는
끝이 없다

젊음들아
일어서라

깨어나라

말,말들

마굿간, 에서
두 사람,

말이 안 좋네!
나쁘네, 다르네
이상하네?

말도 아니제
그게 아니고
그 말이 아니고

말도 아닌
소리하고

자빠졌네

착각 1

안 보일 때
믿지 못하고

조용할 때,
쳐다본 지 안다

곁에 있을 때
그녀, 그녀들은
음심(淫心)을
품고 있는 줄 안다

바람에 날리는
갈대, 소리가

헛소리,

지꺼리는 소리 같다

착각 2

편지봉투 들고 갈 때

돈 봉투인지 안다

인상을 찌푸리면

사람들은
　　그것이

　　내 괴로움
인줄 안다.

착각 3

목욕탕에서
어떤 여자

중얼댐을
중얼 대는데

옆에 앉은 여자
뭐라고,
날두고 씨불,
씨발년이라고,
이라고요?

요 미친년 보게,
착각은 방종이지만
반말하다,
존대말, 쓰다 그러네,

우주가 돌았다는
싱싱한 광녀(狂女)의 눈빛,

그 옛날
꽃으로 뒤덮인
　　철제 의자 속의 무녀(巫女)
시벨라, 를
　　회상하던 찰나였는데

　　　　괜스레, 그들은
　　　어쩌면 애인이
　　　　　없는지도 모른다

　　　마음의 사랑이.

모기

모기는 마귀다
마귀, 친척,
친구다

이름도 닮은 것들이
어둠 속을
조용히 나타나
남의 피 빨아 먹을 때

탁 –, 치면
어느새, 웨웽,– 하고
날아가, 달아나 버리는

세상에는 꼭 있어야 할,
있으나 마나 한, 있어선
안 될 것들 있다

악마 같은,

숫자는 늘어만 간다.

비둘기들

발가락 잘린
비둘기들,
　천사가 되려다 실패한
　…….
독립문, 이란 글이
(문립독)으로
　써 있는 서 있는,
서대문에서
　노래하네

　오락가락,
　　허망한 세상 무심한
　　방관자들 속에서

　구구구,

　　평화의 나발 부네

샹들리제

아름다운, 그런대로
아름다운, 그러나
　마냥 아름다운 별들이
창가에 메아리치는
　옛 합창이라

　숱한 사연
송이, 송이 바람 불어
　솟구쳐 꽃 피어난
헤어진 나의 하늘 길에 –
　향그러움 물보라치고

　검푸른 바다,
　출렁이는 램프 조각배들이
　연인들의 안식처 되련만

이 밤도,
잔잔히 부서지는
　탄식 끝에 피어오른
기다림의

내 눈빛 같음이다

햇빛이 밝혀주는
　　넓고 검은 밤하늘의 별빛 –

　질서를 상징하듯
　　　제 자리 벗어나지 않고
　　빛을 내는 어둠 속의
　　　　신호등이

　텔레파시고
방랑자에겐 시그널이고

　　　정녕 믿을 수 없는

　　　　　황홀한 보석 같고.

스트레스

아침, 저녁으로
정류장에 멈춰 있는
우리는 낙엽이다
무궁화 꽃씨이다

바스락 거리다,
  응어리, 꿈틀
잘 못 하면
  쓰레기 되지

    기다려도 통화 중인
  공중전화처럼

      인생이란, 말은
    한마디로
      표현이 불가능한

    기다리다,
  잠시 또 생각하다
    한 번, 히죽, 웃는

커다란 슬픔 –

슬픔이 오면
분노가 코끼리처럼
다가와 둥 둥 –

북을 친다

山寺에서

귀뚜라미 울음,
노랫소리, 합창이
가열되는 자갈밭 위 −

새우잠 자며
미소 짓는 달 −

추억 속에 있는가
꿈을 꾸고 있는가

달님이 익사한 연못 위에
슬픈 아기별들 −

소쩍새, 울음소리
쩷조, 로 들려오는
절간 방 외딴 촛불

창문 앞에 나타난
천 년의 산고양이

밤비와 어둠을 뚫고
추워요, 배고파요
　남편과 자식,

　길을 잃었어요.

백조

속 눈썹 사이로
열려 오는 거리 –

푸른 하늘 우러러
마음의 窓을 열면

우글우글, 우물쭈물
하지 말아야 할 말,
하지 않아도 될 소리들을

씨부리며, 씨 뿌리며
가슴 속에 비명을
자라게 하는
미운 오리 새끼들 –

눈에 띄지 않으려 하면
할수록, 더욱 눈을 끌고마는
나는 이방의 깃 폭 –

한 길에 서면
팔매질을 하고 싶다

내 편도선 수술 자국을
옆에서 몰래, 슬쩍
뱀 보듯 훔쳐보는 眘,

고독을
분노로 변질시키는
자연스럽지 못한 연인들

길을 가다, 한 번
날쌔게, 돌아보면

어느새
쳐다보고 있는

찌르르릉 −
고개 숙여
속눈썹 아래

땅만 보고 걷습니다.

365일

신문로에서
종로까지는

오 분도 걸리고
씹 분도 걸린다

밀려오는 괴물들
안경 속, 무덤 같은
그 유리창 창자 속,

사람들은 네 발 Bus의
혼(魂) 같은 눈을 껌벅이며
아랫도리 은근슬쩍,
좌석처럼 밀착 되기도한다

하루에도 숱하게
나를 살해하는 것은
거리마다 획일로
개성을 이룬 매너가
다른 획일이다

계절이 없는 도시에
디스크, 증상을
보이는 가로수

열심히, 아무리
정확히 살아도
숨길 수 없는

어느 골짜기에

눈물 감추랴

절규

가난보다 더
우리를 괴롭히는 것은
눈짓, 몸짓
서로 의식하는
맹목적 경쟁심이다

울고웃고울고
다시 참혹하게
울고 싶은 찌푸린,
주름살 골목

술 마시는, 술 마시는
허튼소리, 군소리
남의 신경을 건드리는
딴소리는

금발의 하아프나
날 선 은도끼의
종소리 같은 것으로나
허리도 분질러 버릴 수,
있지, 날려보낼 수 ...

속삭이는 별들,
침묵으로 무장한
어둠이 모든 것
입맞춤하듯

그대여, 이 밤도
말 없는 눈물 되소서

눈물 속에 핀
아름다운

꽃이 되소서.

운명

♫ *짠짜짜잔* ♩------

♫*짠짜짜잔* ♩--------

짠짜짜짠 짠자짜잔 짠짜짜짠짠, ♫
짠짜짜짠 ♪짠자짜잔♪ 짠짜짜짠짜--

운명은
이렇게 시작된다

잽싸게, 어디선가
작은 악마의
알레르기, 같은 것이
발가락 끝으로 침투

번개와 우레 사이
그 깊은 속, 벼랑으로
무너져 내리다가
부서지고, 망가지고……

눈먼,
새 한 마리,
거센 바람,
파도에 휩쓸려
....
높은 절벽 위로
솟구쳐 오르다….

검푸른 바다,
이마, 흔들거리는
주름살 아래로 끝없이
떨어져 내리다
한없이 부서져
무너져 내리는
....
잊혀진 대양의 협곡 –
하얀 꽃들이, 나부끼는
그늘 속, 어스름한
窓에선 암흑이
아우성,아우성치는

깊고 낮은 곳에서
본 하늘은
유난히 드높다

짠자짜짠♩──────

──────

짠짜짜짠 ♩──────

운명은 어쩌면

이렇게 시작된다.

안타까운 사랑의 평행선

장미의 가시가,
사랑의 배신이,

술에 해독이 없다면

사랑은 용서를,
망각은

나로 하여금
다시 또

사랑하게 하소서.

바다

    그대, 인정 많고
   증오 많은 者,
미치고,
  자제할 줄 아는

   그대는,
  눈물의 맛과
   멋을 등진 것들에게
  비극적인 몸짓으로
   말하는 사람

 두 팔 벌려 –
큰소리로 외치다가
    웃으며, 조용히
 속삭이다가

   밤이면
  엎치락,뒤치락
   하늘 아래
   ······.

버림받은
죽음 같은
운명의 사슬 푸는
끝없는 몸부림으로
홀로 잠 못 이루는

바다여 –
그대는 이 밤도
검은 음성으로
무엇을 노래하는가

어이해
설움만 토하는가

첼로여 ――

내 그림자

삶이란 불꽃,
어쩌면 물의 미소,
무엇 때문인가,
사랑은 어디서 왔느냐,
물으면 쓸쓸히 웃으리라

시냇물 햇살에 반짝이듯
부서진다, 시간은
고개도 안 돌리고 가 버린다

거울 속에 비친
찌그러진 내 얼굴,
전자오락실에
두고 온 휴대폰,

내게 방울져 내리는
기억을 헤아려 주는
삼백예순, 이별의
밤이 가로놓인 적막 속에

무너진 꿈 조각
모닥불 타오르고

외로움이 산책하는 뜰에
아득한 전설이
꽃 피어난,
꽃 피어나는,

모든 이유는
사랑하기 때문
사실에 얽매어
그토록 사랑하기때문

너를 보면 눈에서
피가 난다

우리의 사랑이
하나의 그림자,

흩어지는 낙엽이듯이.

송가

살짜기, 눈 감아요
눈을 감으면 한결
人生이 단순해질 거예요

자유란 어떤
맑게 개인 날 아침 뭉게구름,
당신의 소망은
어쩌면 한 마리 새가 되는

그대 나를 부르면
저 건너 무지개 숲 되리
밤하늘에 반짝이는
별이 되리

꼬옥, 눈 감아요
눈 감으면

파도 소리,

밀려올 거예요...

첫눈 내리는 황혼의 산마을 풍경

비행새는
휘발유를 마시지만
젊음은 하늘 높이
설의 바리톤처럼
산과 들을 넘는다

어디에도 속하지 않은 새들이
나란히 폭격(爆擊)하며
날아가는 산등성이 −

초가집, 안개 속에
보석이 기울고,

눈보라가, 꽃잎처럼
떨어지는 발라드 −

꽃의 비명과 함께
어느 아름다운 밤은

깨어졌다

기억 속의 영상

고뇌는 머나먼 곳에서 온다
죽음이란 이름으로
지난 기억의 어떤 짐을 싣고

죽음의 비밀한 바람,
춤추며, 노래하며 다가오는
난 그것들을 잊고 싶다

난 그것들과 함께
길을 가다 그 길을
벗어난다 고개를 저어,
생각을 털어 버리듯.

여러 지옥의 연주회 –
소용돌이 우짖고
마귀 암내 진동하는

오, 슬픔이여,증오여,
이제는 앗아 가다오
지난 기억의 그 세월을
....

오늘 이 나날들,
주름진 인간의 마음으로
내게 다가오는
이 욕망은 끝없는 것

나를, 우리를
작은 무덤 속으로
끌고 들어가지

상처 입은 살덩이,
나의 고난, 나의 잘못
나의 옷가지,

차라리 날이 밝지 않았으면
이대로 깊이 다시 잠들었으면

잿빛 여명의 평화 -
어둠 속의 영원한
아득한 평화 -

시간은 다가오고
괴로움은 늘어만 가는데

선한 그리스도여 –
　왜? 나의 병을

　　고쳐주지 않으오이까!.

가슴이 따뜻한 사람과 만나고 싶다

죽음의 침묵,
삶의 끝없는 소란
파도처럼 웅성대는

저 군중의 함성도
내 심장의
고동 소리만 못 하다.

밤마다,
잠재울 수 없는
내 속 깊은 데서
솟구치는 불씨

꽃들은 짓밟혀
눈에 차지 않고
무엇을 들이마셔도 차지 않는
가슴속의 공허감
세상은 넓다 하지만
이치에 맞지 않는다

끔찍하고 시퍼런 영혼들,
자랑이듯, 사랑이듯,
죄악이듯 싶은

무엇이 짐승이고
무엇이 사람인지 알 수 없는
이 흐린 고통을 무엇으로
치유할 것인가

미친 전철과 주둥이들,
도시는 적대적이며 불친절하다
악마 같은 숫자는 늘어만 간다

우리들의 쓸쓸한
우정 나부랭이
발걸음은 벽에 부딪히고
시간은 낭비된다.

고름 터지는 영상,
악몽으로 뒤덮인
허리, 뇌, 이빨

내 가슴은 악기처럼
텅 비어 있다

나의 눈물은 보이지 않는다...

죽어야 할 목숨의 흔적
기억 속의 영상은
나를 쉰, 소리로 울게 한다

가슴이 따뜻한 사람과 만나고 싶다.

고 독

날마다
비듬처럼 쌓여가는 지혜 속에서
사랑은 황혼보다 따뜻하지 못하고
때로는 불면으로
다스리지 못한 희망이
아침 이슬보다 정답지 않다

한 번 어둠의
숨결로부터 탄생한 우리
흠모와 시기의 이빨 틈새에,
이빨 틈새에서,
거세된 행복을
채찍, 으로 때릴 것인가
불행이란 낙인을 우리는
지팡이로 때릴 것인가

꽃은 시들고
봄날은 덧없는 것

영원히 떠나기 위해

우리는 언제나
　　떠나가고 있는 것이다

머나먼 행렬에
　강물은 돌아오지 않고

　　악(惡)한 운명이여 -
　부서지는 세월이여
　　너의 발길 멈춰라

　타는 가슴 아픔을 달래며
　　오늘도 난 혼자

　　고독을 마신다.

나 혼자 길을 가네

...안개 속에 고요히
별이 빛나고

광야는 조용히 귀 기울이며
조약들은 조약돌끼리
서로 속삭인다

푸른 빛 속에 대지는 잠들고
하늘은 장중하고 아름답구나

무엇이 이토록 나를
슬프게 하고, 기다리며
후회하게 하는 걸까

나는 자유와 평온을 찾고 있다

때로 모든 것을 잊고 잠들고 싶다

허지만 무덤 속의 차가운
그런 잠이 아니라

가슴 속에 조곤조곤,
생명의 힘이 숨 쉴 때마다
부풀어 오르고
하루종일, 밤새도록
아름다운 목소리가
사랑을 노래하며

위로는 푸르른 울창한 나무들,
몸을 숙여 소근대는…

나 홀로 길을 걷네
안개 고요한 속에
별은 잠들고

밀려오는 파도소리 –

밤의 꽃들이

미소,한숨 짓네

사랑이여 그대는

(하늘에 계신 우리 아버지)

사랑이여! 그대는
내 영혼이 말없이
갈망하는 그 모든 것

바다 한가운데
떠 있는 녹색의 섬 –

아름다운 열매와 꽃들로
뒤덮인 샘이며 절간

아! 너무도 선명하여
지속되지 못하는 꿈
그렇게 떠오르더니
별처럼, 바람처럼
구름 속에 가리워지네

과거로부터 외쳐오는 소리 –
가라–, 앞으로! 그러나

나의 마음은 다시 옛날로 돌아가
움직이지 못하고 방황하고 있네

벼락 맞은 나무는
피우지 못하리

살 맞은 독수리는
날지 못하리

그리하여 나의
밤마다의 꿈은

그대 눈동자
반짝이는,

영원한 시냇가 –
그대 발길 머물며

반짝이는 곳 ....

슬픈 이별

〈人詩評〉
서영호 시인의 詩集, 상재에 부쳐

<人詩評>

음악인의 정서로 쓴 음률시(音律詩 Melodious Poem)로 잠재의
식 속에 머문 사고를 직설적으로 표출해 내는 감성시(感性詩)
서영호 시인의 詩集『슬픈 이별』을 읽고

도창회 (文學박사. 前 동국대 교수)

(I)

내가 아는 서영호 시인은 경희대 음악과를 졸업하고 음악학원을
운영하고 각종 악기를 다루며 후학(後學)들을 지도하는 전문악사
(樂士)다. 뿐만 아니라 음악 정서에다 문학 정서까지 함께 겸비한
좀 특별한 시인이다.

그의 시는 악인시인(樂人詩人)이 아니면 이해가 가능하지 않을
수도 있겠다 싶다. 원래 시(poem)를 노래(Song)와 불렀다는 것
은 모두 아는 바이고. 동서양 옛적에는 음유시인(吟遊詩人)이 따
로 있어 현악기를 퉁기면서 시를 읊조렸다고 하는 그러한 음악과
문학 조화의 아름다운 장(章)이 펼쳐졌던 것이다.

음유시는 시를 멜로디에 실어 읊조려 멋을 살리는 시로써 진실로
예술혼이 살아있는 아름다운 시다.

서영호 시인의 시를 읽고 있으면 선율을 타고 흐르는 시정(詩情)
에 탐혹해 어깨가 들먹이며 흥이 돋구어진다.

시가 노래란 말이 실감 나듯 절로 입술이 달싹거린다.

「해조음(海潮音)」
비록 그대가 어이 할지라도/ 내 어이 하오리까/
사랑과 이별의 슬픈 그림자// 우리들의 등대는 해 저문 바닷가/
파도만 밀려와/ 친구 되자/ 친구 되자 하네//

해설이 필요없이 읊으면 곧 노래가 되는 시다.

그런데 그의 작품을 감상하노라면 그의 시 표현 기법이 좀 다른
데가 있다. 시의 언술이 직설적이다 싶다. 잠재의식 속에 머문 사
고나 시어들을 조금도 머뭇거림 없이 바로 뱉어내는 시작법으로
서 희로애락애호의 감정 또는 감성의 언어, 곧 시어를 시행에다
직핍하는 시작법을 쓴다는 점이다.
때로는 환상, 환각적, 현실을 넘나들면서 떠올린 시상(詩想)은 바
로 시가 된다. 이는 악인시인(樂人詩人)만이 할 수 있는 시 창작
테크닉인가 보다.
때론 현실적, 사실적인가 하면, 꿈속을 헤매듯 몽상, 몽환적인 시
의 언술이기에 해본 말이다. 아무려나 서정시는 서정시대로, 비판
시는 비판시 대로 솔직, 진실해서 좋다. 그러면 그의 택스트의 주
요 작품들을 감상해 보자.

(Ⅱ)

어떤 희망 어떤 기쁨/ 흰눈은 바람 부는 어느 날 오후/ 국제 전화로 온다/ 나는 살며 연주하며 노래 부르니/ 찬비가 내리는 피아노의 3악장/ 바람에 낙엽이 흩날리는/ …//

축제의 빠리, 흘러가는 이별/ 바람에 나뭇잎 흩어지는/ 여름에서 겨울까지의 긴 도로/ 새들이 소리 없이 세월을 왕래하는/

연인들은 특별한 사람들/ 세상에서 가장 행복한/ 아, 지난날이 그리워요 / 아니, 지난주가 (연가 전문(全文))

연가(戀歌: Amoretti)는 비가(悲歌: Elegy)와 대칭되는 시(詩)로 사랑의 기쁜 노래며 둘 다 서정시에 속한다.

제1연의 흰 눈이 내리고/바람 부는 오후/ 국제 전화가 오는… 2연의 /찬비가 내리며 낙엽이 흩어지는/ 라흐마니호프의, 피아노 3악장/ 모습의 흐름 같은//

3연은, 축제와 이별이 교차하는 장면을 떠올려 희비가 엇갈리고 4연의, 여름에서 겨울까지의 긴- 도로/ 새들이 소리 없이 세월을 왕래하는, 마지막 2개 연에서 세상에 가장 행복한 연인을/ 지난주에 떠올린다는 시 /- 퍽이나 로멘틱하면서도 애상적인 시상(詩想)의 시다.

얼굴 숙이고 걷는 아름다운 여자/ 고개 숙이고 가는 생각하는 남자/ 쳐다보지 마, 쳐다보지 마 / 얼굴 빤히 쳐들고 바라보지 마/ 옛날에는 이렇게, 고개 숙이고 다녔어/ 때로는 공손히 얼굴 숙이고 걸었어/ 쉬- 물렀거라, 고개 들어라, 치어다 보거라 / 벼 이삭도 익으면 고개를 숙여//

고개 들고 앉아 있는 전철 속의 여자/ 안경 끼고 바라보는 못난 여자 남자/ 쳐다보지 마, 기분 나쁘게/ 눈 꼼짝 아니하고 바라보지 마/ 당신 말고 저기, 쩌기/ 아니, 아니 여기저기/ 눈 감아요, 고개 숙여요/ 얼굴 숙여요 생각해봐요/ 고쳐, 고쳐 다시 고쳐/ 바꾸지만 말고, 새로 고쳐//

이 시는 '요즘 노래'라고 부재가 붙은 한국가수들로 말할 것 같으면 서태지들 노래 같은 형이라고도 할 수 있다. 두 개의 연으로 구성된 시로 아름다운 여자와 남자의 상(相)은 고개를 숙이고, 정면으로 쳐다보지 않는 사람이라고, 그것보다 주위를 의식하지 않는 자연스러움이라고 화자(話者)는 여기고 있다. 어쨌거나 퍽 코믹하고 익살스럽다고도 할까.

아무려나 요즘 우리 청소년들은 노골적으로 애정 표시들을 하는 것이 사실이고 당황스럽다기보단 부자연하고 눈에 거슬리기도 하다.

임신한 달은/ 빛을 토하누나/ 교미하는아흔아홉마리파리떼/ 같은 잡념이 식어 갈 떼/ 샘 솟는 나의 시는/ 획일과 돼지의 행복 위함 아니거늘 / 긴세월 오로지/ 슬픔을 두 팔로 껴안은 자, 찬란한 연인을 위해서이라/ 칭찬도 영예도 아직은 이루지 못한/ 나의 노래를 거들떠보지 못한/ 그들을 위해서이라/ 분노의 총총한 별들이/ 휴식으로 이어진 밤하늘-/ 창백한 달아, 확고하지 못한 격렬로/ 고요히 부르짖는 넌/ 쓸쓸한 하늘에 떠 있는/ 나의 심장 이려니//

이 시는 명상시로 화자의 시관(詩觀)을 노래하고 있다.
쓸쓸한 심장으로, 이 시를 획일과 돼지 같은… 의 행복이 아닌, 긴 세월 오로지 슬픔을 두 팔로 껴안은, 찬란한 연인을 위해서라는 쓸쓸한 심금으로 자화상을 고백하는 시 이기도 하다.

응급실로 모실 것을/장의사가 와서 운명하셨다고 했다/모르거나/거짓으로 말했을까?………… ………… …………
선한 사람은 외롭다/ 외로운 사람은 얼굴이 선하다/ 웃지 마라, 놀아나지 마라 /고개 들지 마라/ 젊은 날에 세상을 하직하는 자/ 죽음을 저주하라/ 오늘도 난 /하루에도 열두 번/ 세상에서 가장 슬픈 눈물/ 거리에서도 울고 다니지/

이 시는 이 시집의 표제로 삼은 시로 하늘나라로 떠나신 아버님을 사무치게 그리워하며 감사하며, 죄송해하는 눈물로 쓴 시인 것 같다. 평자가 아는 바로는 徐시인은 4대 독자로 교육자이며 교장이신 아버지가 살아생전 하나뿐인 아들을 위해 희생하시며 뒷바라지했다고 들었다. 서 시인은 그 갸륵한 아버지에 대한 은혜와 자식으로서 도리를 못 해 드려 돌아가신 것을 못 잊어 이렇게 눈물 나게 시를 쓰지 않았나 싶다. 앞부분은 생략하고 후미 부분만 적었다.

앞부분과 뒷부분 연결되는 전문(全文)에서 선친의 사모의 정이 너무 깊어 독자는 눈물겹다. 보내고 그리는 정은 나도 모르겠다는 싯 귀가 예사로이 들리지 않는다.

살짜기 눈을 감아요/눈 감으면 한결/ 인생이 단순해질 거예요/ 자유란/어떤 맑게 개인 날 아침 뭉게구름/ 당신의 소망은/ 어쩌면 한 마리 새가 되는/ 그대 나를 무르면/ 저 건너 무지개 숲이 되리/ 밤하늘에 반짝이는 별이 되리/
꼬옥, 눈을 감아요/ 눈 감으면 파도 소리/ 밀려올 거예요(송가 全文)

이 시는 짧은 줄거리에 함축성이 돋보이는 시다. 의식의 흐름, 문학사조의 한 장면을 보는 듯 잠재해 있는 사고를 서슴없이 표출하는 시풍이다. 이런 잠재의식 속에 머무는 사고를 직설적으로 뱉어 내는 감성시로는 그의 장시(長詩), 「거대한 모순」이 있다. 꼼꼼히

읽어보면 무의식 속의, 잠재해 있는 사고를 끌어내어 직핍하는 시인의 독특한 시작법을 발견할 수 있으리라, 떠올린 영감들이 퍽 감동적이다.

(Ⅲ)

비평가는 시인의 시를 보고 평하라고 했다. 지금까지 평자는 화자의 텍스트 본위로 그의 시 세계, 시 정신을 살펴보았다. 이 평글 제목을 붙인 대로 그의 총평은 서정시로 음악 정서를 살린 자유로운 음률시로 잠재의식 속에 머문 사고나 시어를 서슴없이 표출해 내는 **詩作法**으로 쓴 감성시로 결론짓는다. 그의 시들은 모두 부드럽고 감성을 자극하여 독자들에게 맛깔나게 읽힐 것이며 앞으로 경험과 실험을 근간으로 삼는 훌륭한 명시(**名詩**)를 많이 써주기 바라며, 시집 출간을 축하 드린다.

삼송동 우거에서, 도창회

서영호 시인의 詩集,
상재에 부쳐

재단법인 세계문화예술 아카데미 총회장, 백한이

인생 老年에 시집 상재 서평을 청하여 우선 그 영광의 글 평을 하려 하니 기쁜 마음 절미로소이다. 하여 서평이라기보다 평소의 감회로 경축하오.

서영호 시인은 명문가의 귀 손으로 태어났으나, 어린 시절 과정 어느 다른 배경의 불리한 환경 속에서 어딘가 몸도 아프며 상처와 좌절을 겪은 듯합니다….

『고려달빛』외 작품발표, 시집『망각할 수 없는 소나타』, 논문「한국 정신문화개혁 식생활환경개조」, 세께시인대회, 송시, 배경음악 피아노, 기타 연주 등 **가창의 세계적 실력을 갖춘** 예능 학술 과 뛰어난 구술로 학술 시인 음악회에서 솔선하면서도 '理想과 現實'의 차이, 그 부조리한 삶의 괴리 같은 소탈한 만면을 감춘 불만의 자아의 충만이 추리가 적중하듯 행운의 기회를 놓친 원인인

듯하며,

「하늘에 계신 우리 아버지」, 그 슬픈 이별 생존 시 불찰로, 비극
적으로 돌아가셔 버리게 한 그 선한 아버님에 대한 사무침이 젖
어 있는 듯.
결혼마저 헤어지고 예쁜 어린 딸 하나를 키우고 사는 심청이 아
버지도, 바다와 그 노인도 아닌 위대한 재능의 한 시인의 운명을
지켜본 듯 가슴 저리며 "맞아야 사주 팔자지!"라며 어른들께서
타고난 팔자라고 위로하시던 말씀이 80여 년 제 노년의 심중을
울립니다.

서영호 시인은 1917년 남산 타워 호텔에서 제17회 세계시인대회
(WCP/WAAC) 참가 활약과, 제24회 대회, 경주, 의령, 축익사 참
배와 행주산성 탐방 및 WCP 세계시인대회 등, 월드컵 평화공원
개장과 매년 무궁화 살구나무 심기 운동에 동참, 고건 전 시장, 국
무총리와 함께 음유시인 모습의 선명한 기념사진 촬영이며 월드컵
컨벤션 시인대회, 심지어 필자 칠순 잔치에도 동행의 시간이 많았
으나 늘 유아독존 오만의 고독의 특성이 기억으로 남아, 저무는 석
양은 진 밝기 기원하오.

서영호 詩人의 詩 「**강물**」을 음송하노라면,

푸른 강물, 나의 조국 스메타나/ 아름다이 물결치며 굽이굽이/ 저 아래로 끝없이 흘러내리는/ 어쩌면 시간이 가고 있는지 모른다… 어느 먼 전설의/ 천사의 얼굴이/ 물 아래 어리며 깨끗한 물 밑이/ 환히 내다보이는/ 달려라, 흘러라 나의 노래여,/ 바람 소리 강물 위를/ 초록빛으로 물들어 불어 가는/ 저 멀리 지평선 끝까지……

「**연가**」

나는 살며 연주하며 노래 부르니/ 찬비가 내리는 피아노의 3악장/ 바람에 낙엽이 흩날리는/ 축제의 빠리, 흘러가는 이별/ 바람에 나뭇잎 흩어지는/ 여름에서 겨울까지의 긴 도로/ 새들이 소리 없이 세월을 왕래하는,/ 연인들은 특별한 사람들/ 세상에서 가장 행복한/ 아, 지난날이 그리워요,/ 아니, 지난주가.

은행 창구에 내보인 **낙엽**/ 한 송이, 꽃을 꺾어, 수녀를 **놀라게 하는**/ 손수건, 화장지 **비올라 케이스**에 넣고/ GOGO 리듬의 기차를 탄다/ 돌아온 새떼,/ 새들과 나란히,/ 무지개다리가 놓인 까페/ 안개 속의 이방인들의 미소가 별처럼 반짝이는/ 검푸른 숲 속의 산책/ ……

「나의 변주곡」
사색의 벽체가 고정을 이탈하며 나래이션으로 전개되는 이미지
상징시.

「에덴의 동쪽….」- 이라크, 이스라엘, 팔레스타인 -
'진짜 지옥 거짓 행복/ 매독 같은 여름/ 잎새들의 논쟁/ 생각의 번
식/ 욕먹은 싹이 돋고/ 태양의 볼륨을 높여라/ 비틀거리는 사막을
적셔라/ 불타는 눈물, 시투성이, 피투성이로 가는/ 끝없는 사막의
골짜기 -/ 별만이 등불 밝힌 검은 황야에서/ 당신은 무슨 꿈을 꾸
고 있나요/ ….
혼령이 담보하며 리얼하게 표현되는 등.

신비와 **理想**의 아름다움까지 추구하는 **詩**,
「눈이 내리는 밤」
길은 아직도 멀다 - 어디선가 트럼펫 소리/ 계절의 밤 풍경을 녹이
는/ 눈물만 한 별이 글썽이는 하늘 -/ 내가 부르는 노래는 들리지
않는다.

「첫눈이 내리는, 황혼의 산마을 풍경」
눈보라가 꽃잎처럼 떨어지는 발라드 -/ 꽃의 비명과 함께/ 어느
아름다운 밤은 깨어졌다.등

「거대한 모순」

come, 하나의 길목에/ 와, 오너라, 오게 오십쇼/ 당신 뭔데 반말
이여/ 언제 봤다 하소요/ 교만이기 등 뒤에서 꼬리 붙여 슬쩍 돌
린/ 문어발식 말 기업은/ 진짜가 어느 건지/ 귀에 걸면 귀걸이,/
흑백감정 빈부 격차/ 사대주의 되노라.

「이상한 나라의 엘리스」

텔레비전 상품선전/ 선정적인 음란광고/ 성폭행 희롱, 추행/ 조
장, 양산시키는, 난 한국 위에 똥을 눈다/ 침을 뱉는다/ 아아악
- 하고/ 악, 한 사람이 된다

「모기」

모기는 마귀다/ 마귀, 친척, 친구다/ 이름도 닮은 것들이/ 어둠
속에 조용히 나타나/ 남의 피 빨아 먹을 때/ 탁- 치면 어느새/
웽,- 하고 달아나 버리는/ 세상에는 있어야 할 있으나 마나 한,
있어선 안 될 것들이 있다. 악마 같은 숫자는 늘어만 간다//

외교 안보 교육 문화, 구멍 뚫린 인간 진리, 정령들 거짓말 창으
로 뚫은 창구멍 외….

서영호 시인은 맹목적으로 막연히 체제나 비난, 비판하는 글재주

성향을 지닌 과거 저항 운동권 그런 시들이 아닌 해학과 기지가 번뜩이는 풍자시 들을 비롯하여, 우리 사회 현실 개혁안을 근본적으로 제시하며 비판하는 시들이 역력하고 특출합니다.

부드러운 운율의, 음악적 감성이 약동하는가 하면 詩「강물」, 「연가」 외…
현대적, 문명생활을 주관적으로 관조, 투사시키며 詩化하는 사상의 예술, 전위 실험의 이질적 경험을 의도적으로 표출해 내며 현실의 등 뒤에 있는 이데아(idea) 세계에 도달하려는, 이성을 교합시킨 자유로운 상상의 모더니즘 詩「나의 변주곡」 등 외.

다채로움을 고루 갖춘 매우 독특한 개성을 지닌 서영호 시인의 마무리를 기대합니다.

재단법인 세계 문화예술 아카데미 총회장

백 한 이

슬픈 이별

펴 낸 날 2020년 2월 10일

지 은 이 서영호
펴 낸 이 이기성
편집팀장 이윤숙
기획편집 한 솔, 정은지, 윤가영
표지디자인 한 솔
책임마케팅 강보현, 류상만
펴 낸 곳 도서출판 생각나눔
출판등록 제 2018-000288호
주   소 서울 마포구 잔다리로7안길 22, 태성빌딩 3층
전   화 02-325-5100
팩   스 02-325-5101
홈페이지 www.생각나눔.kr
이 메 일 bookmain@think-book.com

• 책값은 표지 뒷면에 표기되어 있습니다.
  ISBN 979-11-7048-028-0 (03810)
• 이 도서의 국립중앙도서관 출판 시 도서목록(CIP)은 서지정보유통지원시스템 홈페이지
  (http://seoji.nl.go.kr)와 국가자료공동목록시스템(http://www.nl.go.kr/kolisnet)에서
  이용하실 수 있습니다(CIP제어번호: CIP2020000587).